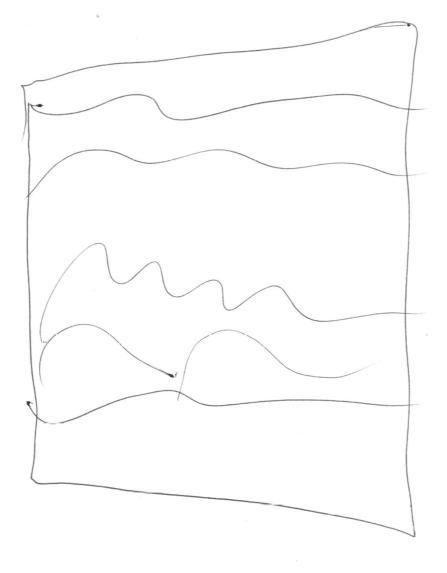

THE USBORNE

FIRST THOUSAND WORDS

IN HEBREW

With easy pronunciation guide

Heather Amery

Illustrated by Stephen Cartwright

Editor: Lisa Watts; Designer (revised edition): Andy Griffin

Hebrew typesetting and translation by y2k translations and Abraxis

Hebrew language consultant: Ronit Chacham

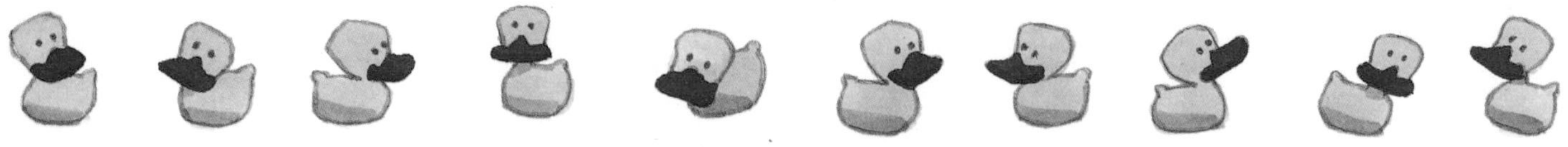

On every double page with pictures,
there is a little yellow duck to look for.
Can you find it?

About this book

This book provides a fun and engaging way for beginners to learn Hebrew. On most of the pages, large, colorful panoramic scenes are surrounded with small pictures labeled with their names in Hebrew.

Saying the words

Each Hebrew word is also written in Roman letters, to show you how to pronounce it. Reading the words while looking at the pictures will help you remember them, and you can test yourself by looking for and naming the objects in the panoramic scenes. You can even practice forming simple sentences to talk about the pictures.

Hebrew alphabet

At the back of the book there is a guide to the Hebrew alphabet and a list of all the Hebrew words with their pronunciation guides and meanings in English. Hebrew is written from right to left and there are several sounds for which there are no equivalents in English. The pronunciation guides will help you, but the best way to learn how to say the words is to listen to a native Hebrew speaker.

בַּבַּיִת
ba - ba'yit

מִטָּה
mita

אַמְבַּטְיָה
ambatya

סַבּוֹן
sabon

בֶּרֶז
berez

נְיָר טוֹאָלֶט
neyar tou'alet

מִבְרֶשֶׁת שִׁנַּיִם
mivreshet shina'yim

מַיִם
ma'yim

אַסְלָה
aslah

סְפוֹג
sfog

כִּיּוֹר
kee'yor

מִקְלַחַת
miklachat

מַגֶּבֶת
ma'gevet

חֲדַר אַמְבַּטְיָה
chadar ambatya

חֲדַר אוֹרְחִים
chadar orchim

מִשְׁחַת שִׁנַּיִם
mish'chat shina'yim

רַדְיוֹ
radio

כָּרִית
karit

תַּקְלִיטוֹר
taklitor

שָׁטִיחַ
shati'yach

סַפָּה
sapah

4

כִּסֵּא
kis'eh

שְׂמִיכָה
smeecha

מַסְרֵק
masrek

סָדִין
sadin

מַרְבַד
marvad

אֲרוֹן בְּגָדִים
aron bgadim

חֲדַר שֵׁנָה
chadar shena

כַּר
kar

שִׁדָּה
shida

מַרְאָה
mar'ah

מִבְרֶשֶׁת שֵׂעָר
mivreshet se'ar

מְנוֹרָה
menorah

כְּנִיסָה
kni'sa

תְּמוּנוֹת
tmoonot

מִתְלֶה
mit'le

טֶלֶפוֹן
telefon

רַדְיָאטוֹר
radi'yator

קַלֶּטֶת וִידֵאוֹ
kaletet video

עִתּוֹן
iton

שֻׁלְחָן
shoolchan

מִכְתָּבִים
michtavim

מַדְרֵגוֹת
madregot

הַמִּטְבָּח
ha-mitbach

כִּיּוֹר
kee'yor

מְקָרֵר
mekarer

כּוֹסוֹת
kosot

שָׁעוֹן
sha'on

שְׁרַפְרַף
shrafraf

כַּפִּיּוֹת
kapi'yot

מֶתֶג
meteg

אַבְקַת כְּבִיסָה
avkat kvisa

מַפְתֵּחַ
mafte'ach

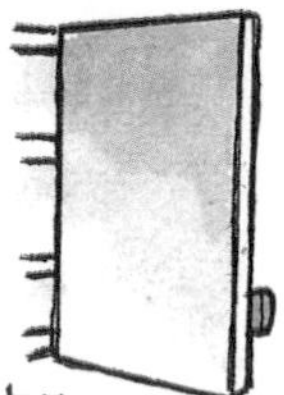

דֶּלֶת
delet

שׁוֹאֵב אָבָק
sho'ev avak

סִירֵי בִּשּׁוּל
siray bishool

מַזְלְגוֹת
mazlegot

סִינָר
sinar

קֶרֶשׁ גִּהוּץ
keresh geehootz

אַשְׁפָּה
ashpa

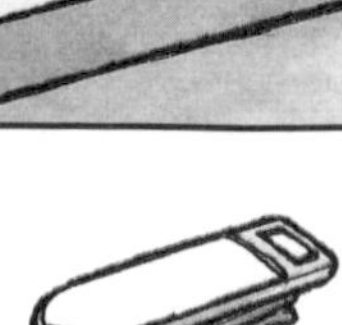

קוּמְקוּם
koomkoom

סַכִּינִים
sakinim

מַקֵּל סְחָבָה
makel schava

מַטְלִית אָבָק
matleet avak

אֲרִיחִים
areechim

מַטְאֲטֵא
matateh

מְכוֹנַת כְּבִיסָה
mechonat kvisa

כַּף אַשְׁפָּה
kaf ashpa

מְגֵרָה
megera

תַּחְתִּיוֹת
tachtiyot

מַחֲבַת
machavat

תַּנוּר בִּשׁוּל
tanoor bishool

כַּפּוֹת
kapot

צַלָּחוֹת
tzalachot

מַגְהֵץ
mag'hetz

מַגֶּבֶת מִטְבָּח
magevet mitbach

סְפָלִים
sfalim

גַּפְרוּרִים
gafroorim

מִבְרֶשֶׁת
mivreshet

קְעָרוֹת
ke'arot

אֲרוֹן
aron

7

הַגִּנָּה

ha-gina

מַזְלֵף

mazlef

מְרִיצָה

meritza

כַּוֶּרֶת

kaveret

חִלָּזוֹן

chilazon

לְבֵנִים

levenim

יוֹנָה

yona

אֵת

et

פָּרַת מֹשֶׁה רַבֵּנוּ

parat mosheh rabenoo

פַּח אַשְׁפָּה

pach ashpa

זְרָעִים

zra'im

צְרִיף

tzreef

תּוֹלַעַת

tola'at

פְּרָחִים

prachim

מַמְטֵרָה

mamterah

מַעְדֵּר

ma'ader

צִרְעָה

tzir'ah

דְּבוֹרָה
dvora

כַּף לַגִּנָּה
kaf lagina

עֶצֶם
etzem

גָּדֵר חַיָּה
gader cha'ya

קִלְשׁוֹן
kilshon

מַכְסֵחָה
maksecha

שְׁבִיל
shvil

עָלִים
alim

עֵץ
etz

עָשָׁן
ashan

זַחַל
zachal

מַגְרֵפָה
magrefa

קַן צִפּוֹר
kan tzipor

מַקְלוֹת
maklot

חֲמָמָה
chamama

עֵשֶׂב
esev

עֶגְלַת תִּינוֹק
eglat tinok

סֻלָּם
soolam

מְדוּרָה
medoora

צִנּוֹר הַשְׁקָיָה
tzinor hashkaya

בֵּית הַמְּלָאכָה

bet ha-mlacha

בְּרָגִים
bragim

מֶלְחָצַיִם
melchatza'yim

נְיַר זְכוּכִית
neyar zchoochit

מַקְדֵּחָה
makdecha

סֻלָּם
soolam

מַסּוֹר
masor

נְסוֹרֶת
nesoret

לוּחַ שָׁנָה
loo'ach shana

תֵּבַת כֵּלִים
tevat kelim

מַבְרֵג
mavreg

קֶרֶשׁ
keresh

שְׁבָבִים
shvavim

אוֹלָר
olar

נְעָצִים
ne'atzim

עַכָּבִישׁ
akavish

בְּרָגִים גְּדוֹלִים
bragim gdolim

אוּמִים
oomim

קוּרֵי עַכָּבִישׁ
koorey akavish

חָבִית
chavit

זְבוּב
zvoov

גַּרְזֶן
garzen

סֶרֶט מִדָּה
seret mida

פַּטִישׁ
patish

פְּצִירָה
ptzira

קֻפְסַת צֶבַע
koofsat tzeva

מַקְצוּעָה
maktzoo'a

עֲצֵי הַסָּקָה
atzey hasaka

מַסְמְרִים
masmerim

שֻׁלְחַן עֲבוֹדָה
shoolchan avoda

צִנְצָנוֹת
tzintzanot

11

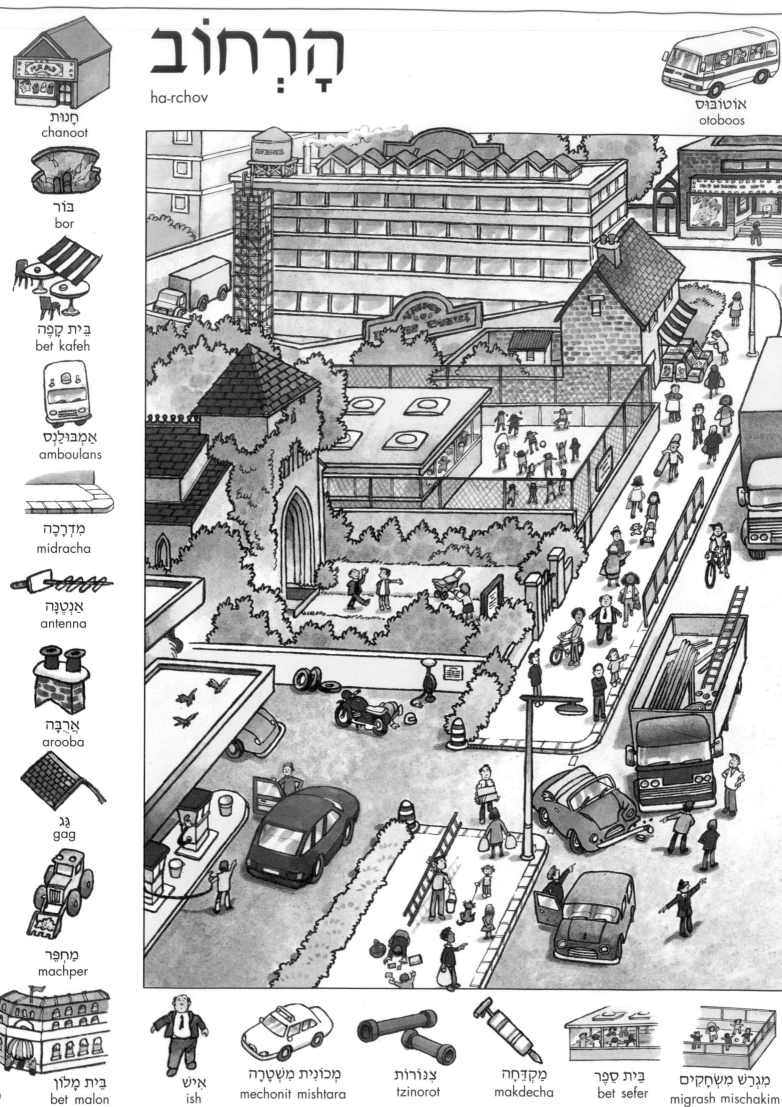

הָרְחוֹב
ha-rchov

חֲנוּת
chanoot

בּוֹר
bor

בֵּית קָפֶה
bet kafeh

אַמְבּוּלַנְס
amboulans

מִדְרָכָה
midracha

אַנְטֶנָה
antenna

אֲרֻבָּה
arooba

גַּג
gag

מַחְפֵּר
machper

בֵּית מָלוֹן
bet malon

אוֹטוֹבּוּס
otoboos

אִישׁ
ish

מְכוֹנִית מִשְׁטָרָה
mechonit mishtara

צִנּוֹרוֹת
tzinorot

מַקְדֵּחָה
makdecha

בֵּית סֵפֶר
bet sefer

מִגְרַשׁ מִשְׂחָקִים
migrash mischakim

12

מוֹנִית
monit

מַעֲבָר חֲצָיָה
ma'avar chatzaya

בֵּית חֲרֹשֶׁת
bet charoshet

מַשָּׂאִית
masa'it

רַמְזוֹר
ramzor

קוֹלְנוֹעַ
kolno'a

מְכוֹנִית מִסְחָרִית
mechonit mischarit

מַכְבֵּשׁ
machbesh

קָרוֹן נִגְרָר
karon nigrar

בַּיִת
ba'yit

שׁוּק
shook

מַדְרֵגוֹת
madregot

אוֹפַנּוֹעַ
ofano'a

דִּירוֹת
dirot

אוֹפַנַּיִם
ofana'yim

מְכוֹנִית כִּבּוּי
mechonit kibooy

שׁוֹטֵר
shoter

מְכוֹנִית
mechonit

אִשָּׁה
isha

פַּנַס רְחוֹב
panas rechov

13

חֲנוּת הַצַּעֲצוּעִים

chanoot ha-tza'atzoo'im

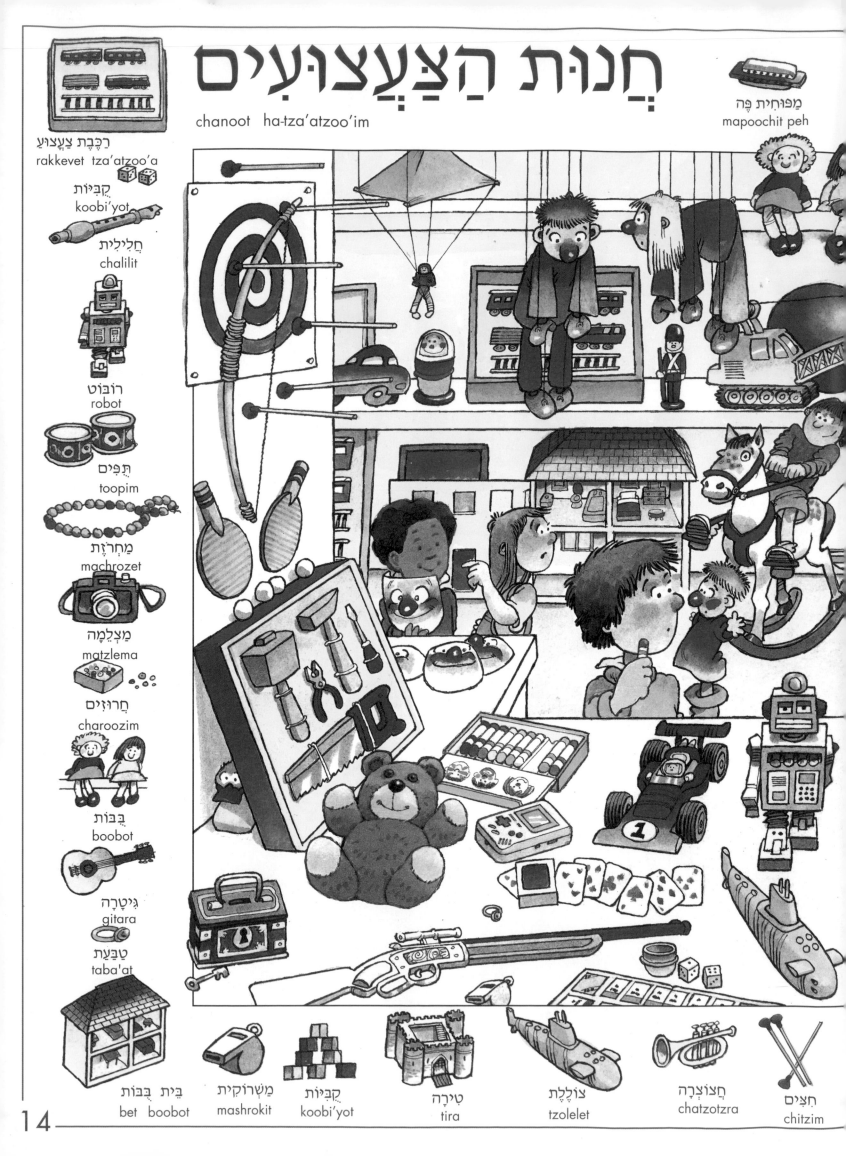

רַכֶּבֶת צַעֲצוּעַ
rakkevet tza'atzoo'a

קֻבִּיּוֹת
koobi'yot

חֲלִילִית
chalilit

רוֹבּוֹט
robot

תֻּפִּים
toopim

מַחְרֹזֶת
machrozet

מַצְלֵמָה
matzlema

חֲרוּזִים
charoozim

בֻּבּוֹת
boobot

גִּיטָרָה
gitara

טַבַּעַת
taba'at

בֵּית בֻּבּוֹת
bet boobot

מַשְׁרוֹקִית
mashrokit

קֻבִּיּוֹת
koobi'yot

טִירָה
tira

צוֹלֶלֶת
tzolelet

חֲצוֹצְרָה
chatzotzra

חִצִּים
chitzim

מַפּוּחִית פֶּה
mapoochit peh

14

קֶשֶׁת
keshet

מַצְנֵחַ
matzne'ach

סִירָה
sira

צִבְעֵי אִפּוּר
tziv'ey ipoor

מַכְבֵּשׁ
machbesh

מַסֵּכוֹת
massechot

מְכוֹנִית מֵרוֹץ
mechonit merotz

סוּס נַדְנֵדָה
soos nadneda

קֻפַּת חִסָּכוֹן
koopat chisachon

גֻּלּוֹת
goolot

בֻּבּוֹת עַל חוּט
boobot al choot

פְּסַנְתֵּר
psanter

אַנְשֵׁי חָלָל
anshey chalal

טִיל
teel

עֲגוּרָן
agooran

פְּלַסְטֶלִינָה
plastelina

רוֹבֶה
roveh

חַיָּלֵי עוֹפֶרֶת
cha'ya ley oferet

צִבְעֵי מַיִם
tziv'ey ma'yim

15

הַפַּרְק

ha-park

נַדְנֵדוֹת
nadnedot

סַפְסָל
safsal

אַרְגַּז חוֹל
argaz chol

פִּיקְנִיק
piknik

עֲפִיפוֹן
afifon

גְּלִידָה
glida

כֶּלֶב
kelev

שַׁעַר
sha'ar

שְׁבִיל
shvil

צְפַרְדֵּעַ
tzfarde'a

מַגְלֵשָׁה
maglesha

רֹאשָׁנִים
roshanim

אֲגַם
agam

גַּלְגִּלִּיּוֹת
galgiliyot

שִׂיחַ
si'ach

תִּינוֹק
tinok

סְקֶטְבּוֹרְד
sketbord

אֲדָמָה
adama

עֶגְלַת טִיּוּל
eglat tiyool

נַדְנֵדָה
nadnedah

יְלָדִים
yeladim

תְּלַת-אוֹפַן
tlat ofan

צִפֳּרִים
tziporim

גָּדֵר
gader

כַּדּוּר
kadoor

סִירַת מִפְרָשׂ
sirat mifras

חוּט
choot

שְׁלוּלִית
shloolit

בַּרְוָזוֹנִים
barvazonim

דַּלְגִּית
dalgeet

עֵצִים
etzim

עֲרוּגַת פְּרָחִים
aroogat prachim

בַּרְבּוּרִים
barboorim

רְצוּעָה לְכֶלֶב
retzoo'ah lechelev

בַּרְוָז
barvaz

גַּן הַחַיּוֹת

gan ha-cha'yot

פַּנְדָּה
panda

קוֹף
kof

זָנָב
zanav

עֲטַלֵּף
atalef

כָּנָף
kanaf

נֶשֶׁר
nesher

גּוֹרִילָה
gorila

סוּס יְאוֹר
soos ye'or

רַגְלֵי חַיָּה
ragley cha'ya

קֶנְגּוּרוּ
kengooroo

זְאֵב
ze'ev

קַרְחוֹן
karchon

פִּינְגּוִין
pingveen

דֹּב
dov

נוֹצוֹת
notzot

תַּנִּין
tanin

שַׂקְנַאי
saknay

בַּת יַעֲנָה
bat ya'ana

דּוֹלְפִין
dolfin

אַרְיֵה
aryeh

גּוּרִים
goorim

גִּ'ירָף
jiraf

קַרְנַיִם
karna'yim

אַיָל
ayal

גָּמָל
gamal

כֶּלֶב יָם
kelev yam

דֹּב לָבָן
dov lavan

צָב
tzav

חֵדֶק
chedek

פִּיל
pil

קַרְנַף
karnaf

תְּאוֹ
te'o

בּוֹנֶה
boneh

עֵז
ez

זֶבְּרָה
zebra

נָחָשׁ
nachash

כָּרִישׁ
karish

לִוְיָתָן
livayatan

טִיגְרִיס
tigris

נָמֵר
namer

19

הַנְּסִיעָה

ha-nsi'a

פַּסֵּי רַכֶּבֶת
passey rakkevet

קַטָּר
katar

מְשַׁכְּכֵי זַעֲזוּעִים
meshakchey za'azoo'im

קְרוֹנוֹת
kronot

נַהָג קַטָּר
nahag katar

רַכֶּבֶת מַשָּׂא
rakkevet massa

רָצִיף
ratzif

כַּרְטִיסָנִית
kartisanit

מִזְוָדָה
mizvada

מְכוֹנַת כַּרְטִיסִים
mechonat kartisim

מָסוֹק
masok

תַּחֲנַת הָרַכֶּבֶת
tachanat ha-rakkevet

הַמּוּסָךְ
ha-moosach

רַמְזוֹר
ramzor

תַּרְמִיל
tarmil

פָּנָסִים קִדְמִיִּים
panasim kidmi'yim

מָנוֹעַ
mano'a

גַּלְגַּל
galgal

מַצְבֵּר
matzber

20

מָטוֹס
matos

דַּיֶּלֶת
da'yelet

מַסְלוּל
maslool

מִגְדַּל פִּקּוּחַ
migdal pikoo'ach

נְמַל הַתְּעוּפָה
n'mal ha-te'oofa

דַּיָּל
da'yal

טַיָּס
ta'yas

רְחִיצַת מְכוֹנִיּוֹת
rechitzat mechoniyot

תָּא מִטְעָן
ta mit'an

דֶּלֶק
delek

גּוֹרֵר
gorer

רְחִיצַת מְכוֹנִיּוֹת   rechitzat mechoniyot

מְכָלִית דֶּלֶק
mechalit delek

מַפְתֵּחַ בְּרָגִים
mafte'ach bragim

צָמִיג
tzamig

מִכְסֵה מָנוֹעַ
michseh mano'a

שֶׁמֶן
shemen

מַשְׁאֵבַת דֶּלֶק
mash'evat delek

הַכְּפָר
ha-kfar

הַר
har

טַחֲנַת רוּחַ
tachanat roo'ach

כַּדּוּר פּוֹרֵחַ
kadoor po're'ach

פַּרְפַּר
parpar

לְטָאָה
leta'ah

אֲבָנִים
avanim

שׁוּעָל
shoo'al

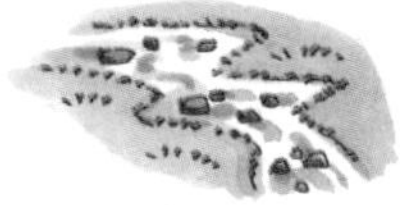

נַחַל
nachal

תַּמְרוּר
tamroor

קִפּוֹד
kipod

דֶּלֶת סֶכֶר
delet secher

סְנָאִי
sna'ee

יַעַר
ya'ar

גִּירִית
girit

נָהָר
nahar

כְּבִישׁ
kvish

אֹהָלִים
ohalim

תְּעָלָה
te'ala

בּוּלֵי עֵץ
boolay etz

כְּפָר
kfar

עָשׁ
ash

גֶּשֶׁר
gesher

דּוֹבְרָה
dovra

מַפַּל מַיִם
mappal ma'yim

יַנְשׁוּף
yanshoof

מִנְהָרָה
minhara

גּוּרֵי שׁוּעָל
gooray shoo'al

חֲפַרְפֶּרֶת
chafarperet

דַּיָּג
da'yag

סְלָעִים
sla'im

קַרְפָּד
karpad

רַכֶּבֶת
rakkevet

קָרָוָן
karavan

גִּבְעָה
giv'a

23

הַמֶּשֶׁק

ha-meshek

תַּרְנְגוֹל
tarnegol

עֲרֵמַת שַׁחַת
arremat shachat

כֶּלֶב רוֹעִים
kelev ro'im

בַּרְוָזִים
barvazim

טְלָיִים
tla'yim

בְּרֵכָה
brecha

אֶפְרוֹחִים
efrochim

עֲלִיַּת גַּג
aliyat gag

חֲזִירִיָּה
chaziriya

פָּר
par

בַּרְוְזוֹנִים
barvazonim

לוּל
lool

טְרַקְטוֹר
traktor

אֲוָזִים
avazim

מְכָלִית חָלָב
mechalit chalav

אָסָם
asam

בֹּץ
botz

עֲגָלָה
agala

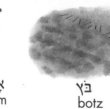

אִכָּר
ikar

שָׂדֶה
sadeh

תַּרְנְגוֹלוֹת
tarnegolot

עֵגֶל
egel

גָּדֵר
gader

אֻכָּף
ookaf

רֶפֶת
refet

פָּרָה
para

מַחֲרֵשָׁה
macharesha

מַטָּע
mata

אֻרְוָה
oorva

חֲזִירוֹנִים
chazironim

רוֹעַת צֹאן
ro'at tzon

תַּרְנְגוֹלֵי הֹדּוּ
tarnegolay hodoo

דַּחְלִיל
dachlil

בֵּית הָאִכָּר
bet ha-ikar

שַׁחַת
shachat

כְּבָשִׂים
kvasim

חֲבִילוֹת קַשׁ
chavilot kash

סוּס
soos

חֲזִירִים
chazirim

סִירַת מִפְרָשׂ
sirat mifras

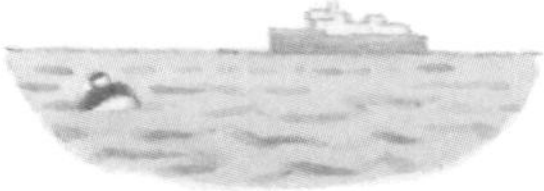

יָם
yam

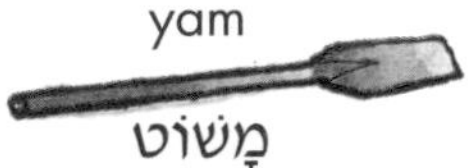

מָשׁוֹט
mashot

מִגְדַּלּוֹר
migdalor

אֵת
et

דְּלִי
dlee

כּוֹכַב יָם
kochav yam

אַרְמוֹן חוֹל
armon chol

סוֹכֵךְ
sochech

דֶּגֶל
degel

מַלָּח
malach

שְׂפַת הַיָּם
sfat ha-yam

צֶדֶף
tzedef

סַרְטָן
sartan

שַׁחַף
shachaf

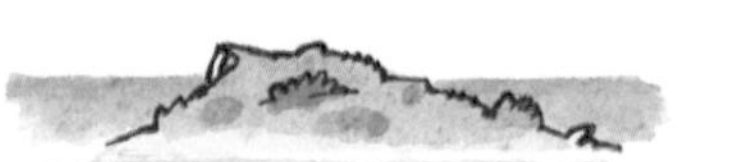

אִי
ee

סִירַת מָנוֹעַ
sirat mano'a

סְקִי מַיִם
ski ma'yim

גַּלִים
galim

כּוֹבַע שֶׁמֶשׁ
kova shemesh

צוּק
tzook

אֳנִיָּה
oni'ya

דּוּגִית
doogit

חֶבֶל
chevel

חֲלוּקֵי אֶבֶן
chalookey even

אֲצוֹת
atzot

רֶשֶׁת
reshet

מָשׁוֹט
mashot

סִירַת דַּיִג
sirat da'yig

סְנַפִּירִים
snapirim

חֲמוֹר
chamor

דָּג
dag

כִּסֵּא נֹחַ
kiseh no'ach

בֶּגֶד יָם
beged yam

מְכָלִית נֵפְט
mechalit neft

חוֹף
chof

סִירַת מְשׁוֹטִים
sirat meshotim

27

בְּבֵית הַסֵּפֶר

be-veyt ha-sefer

מִסְפָּרַיִם

mispara'yim

2 + 2 = 4
3 + 2 = 5

חֶשְׁבּוֹן

cheshbon

מַחַק

machak

סַרְגֵּל

sargel

תַּצְלוּמִים

tatzloomim

עֵטֵי סִמּוּן

etey simoon

נְעָצִים

ne'atzim

צְבָעִים

tzvayim

יֶלֶד

yeled

עִפָּרוֹן

iparon

לוּחַ

loo'ach

שֻׁלְחַן כְּתִיבָה

shoolchan ktiva

סְפָרִים

sfarim

עֵט

et

דֶּבֶק

devek

גִּיר

geer

רִשּׁוּם

rishoom

סַל נְיָרוֹת
sal neyarot

מוֹרָה
mora

קֻפְסָה
koofsa

מַפָּה
mapa

מִכְחוֹל
michchol

תִּקְרָה
tikra

a b c d e f g
h i j k l m n
o p q r s t u
v w x y z

קִיר
kir

רִצְפָּה
ritzpah

מַחְבֶּרֶת
machberet

a b c d e f g
h i j k l m n
o p q r s t u
v w x y z

אָלֶפְבֵּית
alef bet

תָּג
tag

אַקְוָרְיוּם
akvar'yoom

נְיָר
neyar

וִילוֹן
vilon

יָדִית
yadit

צֶמַח
tzemach

גְּלוֹבּוּס
globoos

יַלְדָּה
yalda

צִבְעֵי שַׁעֲוָה
tzive'y sha'ava

מְנוֹרָה
menorah

לוּחַ
loo'ach

29

בְּבֵית הַחוֹלִים
be-veyt ha-cholim

אָח
ach

צֶמֶר גֶּפֶן
tzemer gefen

תְּרוּפָה
troofa

מַעֲלִית
ma'alit

חָלוּק
chalook

קַבַּיִם
kaba'yim

גְּלוּלוֹת
gloolot

מַגָּשׁ
magash

שְׁעוֹן יָד
sh'on yad

מַדְחֹם
madchom

וִילוֹן
vilon

דֻּבּוֹן
doobon

תַּפּוּחַ
tapoo'ach

גֶּבֶס
geves

תַּחְבֹּשֶׁת
tachboshet

כִּסֵּא גַּלְגַּלִּים
kiseh galgalim

פָּזֶל
pazel

רוֹפְאָה
rof'ah

מַזְרֵק
mazrek

רוֹפֵא
rofeh

נַעֲלֵי בַּיִת
na'alay ba'yit

מַחְשֵׁב
machshev

אֶגֶד מִדַּבֵּק
eged midabek

בָּנָנָה
banana

עֲנָבִים
anavim

סַלְסִלָּה
salsila

צַעֲצוּעִים
tza'atzoo'im

אַגָּס
agas

כַּרְטִיסֵי בְּרָכָה
kartisey bracha

חִתּוּל
chitool

מַקֵּל הֲלִיכָה
makel halicha

חֲדַר הַמְתָּנָה
chadar hamtana

televizya טֶלֶוִיזְיָה

כְּתֹנֶת לַיְלָה
ktonet lyla

פִּיגָ'מָה
peejama

תַּפּוּז
tapooz

מִמְחָטוֹת נְיָר
mimchatot neyar

קוֹמִיקְס
komiks

הַמְּסִבָּה

ha-mesiba

מַתָּנוֹת
matanot

בָּלוֹן
balon

שׁוֹקוֹלַד
shokolad

סֻכָּרִיָּה
sookarya

חַלּוֹן
chalon

זִיקּוּקִין דִּי נוּר
zikookin di noor

סֶרֶט
seret

עוּגָה
ooga

קַשִּׁית
kashit

נֵר
ner

שַׁרְשְׁרוֹת נְיָר
sharshera'ot neyar

צַעֲצוּעִים
tza'atzoo'im

קְלֶמֶנְטִינָה
klementina

נַקְנִיק
naknik

קַלֶּטֶת
kaletet

נַקְנִיקִיָּה
naknikiya

תַּפּוּצ'יפְּס
tapoochips

תַּחְפּוֹשׂוֹת
tachposot

דֻּבְדְּבָן
doovdevan

מִיץ פֵּרוֹת
mitz perot

פֶּטֶל
petel

תּוּת שָׂדֶה
toot sadeh

נוּרָה
noora

כָּרִיךְ
karich

חֶמְאָה
chem'ah

בִּיסְקְוִיט
biskvit

גְּבִינָה
gvina

לֶחֶם
lechem

מַפַּת שֻׁלְחָן
mapat shoolchan

הַחֲנוּת

ha-chanoot

אֶשְׁכּוֹלִית
eshkolit

גֶּזֶר
gezer

כְּרוּבִית
kroovit

כְּרֵשָׁה
kresha

פִּטְרִיָּה
pitri'ya

מְלָפְפוֹן
melaffefon

לִימוֹן
leemon

כַּרְפַּס
karpas

מִשְׁמֵשׁ
mishmesh

מֵלוֹן
melon

סַל קְנִיּוֹת
sal kni'yot

גְּבִינָה   gvina

פֵּרוֹת וִירָקוֹת
perot ve'yerakot

בָּצָל
batzal

כְּרוּב
kroov

אֲפַרְסֵק
afarsek

חַסָּה
chasa

אֲפוּנָה
afoona

עַגְבָנִיָּה
agvani'ya

34

בֵּיצִים

baytzim

שְׁזִיף

shezif

קֶמַח

kemach

מֹאזְנַיִם

mozna'yim

צִנְצָנוֹת

tzintzanot

בָּשָׂר

basar

אֲנָנָס

ananas

יוֹגוּרְט

yogoort

סַל

sal

בַּקְבּוּקִים

bakbookim

תִּיק

tik

אַרְנָק

arnak

כֶּסֶף

kesef

קֻפְסָאוֹת שִׁמּוּרִים

koofsa'ot shimoorim

תַּפּוּחֵי אֲדָמָה

tapoochey adama

תֶּרֶד

tered

שְׁעוּעִית

she'oo'it

קֻפָּה

koopa

דְּלַעַת

dla'at

עֶגְלַת קְנִיּוֹת

eglat kni'yot

מָזוֹן
mazon

אֲרוּחַת צָהֳרַיִם
aroochat tzo'hora'yim

אֲרוּחַת בֹּקֶר
aroochat boker

בֵּיצָה רַכָּה
baytza raka

לֶחֶם קָלוּי
lechem kaloo'y

רִבָּה
reeba

קָפֶה
kafeh

בֵּיצִיָּה
bay'tzi'ya

שַׁמֶּנֶת
shamenet

חָלָב
chalav

דְּגָנִים
deganim

שׁוֹקוֹ חַם
shoko cham

סֻכָּר
sookar

דְּבַשׁ
dvash

מֶלַח
melach

פִּלְפֵּל
pilpel

תֵּה
te

קוּמְקוּם תֵּה
koomkoom te

חֲבִיתִיּוֹת
chaviti'yot

לַחְמָנִיּוֹת
lachmani'yot

אֲרוּחַת עֶרֶב
aroochat erev

בָּשָׂר
basar

מָרָק
marak

חֲבִיתָה
chavita

סָלָט
salat

מַקְלוֹת אֲכִילָה סִינִיִּים
maklot achila sini'eem

הַמְבּוּרְגֶּר
hamboorger

עוֹף
of

אֹרֶז
orez

רֹטֶב
rotev

סְפַּגֶּטִי
spaggotti

מְחִית תַּפּוּחֵי אֲדָמָה
mechit tapoochey adama

פִּיצָה
pitza

טֻגָּנִים
tooganim

קִנּוּחִים
kinoochim

אֲנִי
anee

שֵׂעָר
se'ar

רֹאשׁ
rosh

פָּנִים
panim

גַּבָּה
gaba

עַיִן
a'yin

אַף
af

לֶחִי
lechi

פֶּה
peh

שְׂפָתַיִם
sfata'yim

זְרוֹעַ
zro'a

מַרְפֵּק
marpek

בֶּטֶן
beten

שִׁנַּיִם
shina'yim

לָשׁוֹן
lashon

סַנְטֵר
santer

אָזְנַיִם
ozna'yim

צַוָּאר
tzavar

כְּתֵפַיִם
ktefa'yim

אֶצְבְּעוֹת רַגְלַיִם
etzbe'ot ragla'yim

כַּף רֶגֶל
kaf regel

רֶגֶל
regel

בֶּרֶךְ
berech

חָזֶה
chazeh

גַּב
gav

יַשְׁבָן
yashvan

כַּף יָד
kaf yad

אֲגוּדָל
agoodal

אֶצְבָּעוֹת
etzba'ot

38

הַבְּגָדִים שֶׁלִּי

ha-bgadim shelee

גַּרְבַּיִם
garba'yim

תַּחְתּוֹנִים
tachtonim

גוּפִיָּה
goofi'ya

מִכְנָסַיִם
michnasa'yim

מִכְנְסֵי ג'ינס
michnasay jeans

חֻלְצַת טְרִיקוֹ
chooltzat triko

חֲצָאִית
chatza'eet

חֻלְצָה
chooltza

עֲנִיבָה
aniva

מִכְנָסַיִם קְצָרִים
michnasa'yim ketzarim

גַּרְבּוֹנִים
garbonim

שִׂמְלָה
simla

סְוֶדֶר
sveder

מֵיזָע
me'eeza

אֲפֻדָּה
afooda

צָעִיף
tza'if

מִמְחָטָה
mimchata

נַעֲלֵי הִתְעַמְּלוּת
na'aley hit'amloot

נַעֲלַיִם
na'ala'yim

סַנְדָּלִים
sandalim

מַגָּפַיִם
magafa'yim

כְּפָפוֹת
kfafot

חֲגוֹרָה
chagora

אַבְזָם
avzam

רוֹכְסָן
roochsan

שְׂרוֹךְ
sroch

כַּפְתּוֹרִים
kaftorim

לוּלָאוֹת
loola'ot

כִּיסִים
kisim

מְעִיל
me'il

ז'קֶט
jaket

כּוֹבַע מִצְחִיָּה
kova mitz'cheeya

כּוֹבַע
kova

אֲנָשִׁים
anasheem

שַׂחְקָן
sach'kan

שַׂחְקָנִית
sach'kanit

טַבָּח
tabach

רַקְדָנִים
rakdanim

זַמָּר
zamar

זַמֶּרֶת
zameret

טַיָּס חָלָל
ta'yas chalal

קַצָּב
katzav

שׁוֹטֵר
shoter

שׁוֹטֶרֶת
shoteret

נַגָּר
nagar

כַּבַּאי
kabbai

צַיֶּרֶת
tza'yeret

שׁוֹפֵט
shofet

מְכוֹנַאי
mechonai

מְכוֹנָאִית
mechona'it

סַפָּר
sapar

נַהֶגֶת מַשָּׂאִית
naheget masa'it

נָהַג אוֹטוֹבּוּס
nahag otoboos

רוֹפְאַת שִׁנַּיִם
rof'at shina'yim

אִישׁ צְפַרְדֵּעַ
ish tzfarde'a

מֶלְצַר
meltzar

מֶלְצָרִית
meltzarit

דַּוָּר
davar

צַבָּע
tzaba

אוֹפָה
ofa

מִשְׁפָּחָה
mishpacha

דּוֹדָה
doda

דּוֹד
dod

סַבָּא
saba

סַבְתָּא
savta

בֶּן־דּוֹד
ben-dod

בֶּן
ben

אָח
ach

בַּת
bat

אָחוֹת
achot

אִמָּא
ima

אִשָּׁה
isha

אַבָּא
aba

בַּעַל
ba'al

41

עֲשִׂיַּת דְּבָרִים

asi'yat dvarim

לְחַיֵּךְ
lecha'yech

לִבְכּוֹת
livkot

לַחְשֹׁב
lachshov

לְהַקְשִׁיב
lehakshiv

לִצְחֹק
litzchok

לִתְפֹּס
litpos

לִזְרֹק
lizrok

לִשְׁבֹּר
lishbor

לְצַיֵּר
letza'yer

לִכְתֹּב
lichtov

לַחְטֹב
lachtov

לִגְזֹר
ligzor

לֶאֱכֹל
le'echol

לְשׂוֹחֵחַ
lesoche'ach

לַחְפֹּר
lachpor

לָשֵׂאת
la'set

לִשְׁתּוֹת
lishtot

לַעֲשׂוֹת
la'asot

לִקְפֹּץ
likpotz

לִזְחֹל
lizchol

לִרְקֹד
lirkod

לְהִתְרַחֵץ
lehitrachetz

לִסְרֹג
lisrog

לְשַׂחֵק
lesa'chek

לְהִסְתַּכֵּל
lehistakel

לְטַפֵּס
leta'pes

לָקַחַת
lakachat

לְדַלֵּג
ledaleg

לִישׁוֹן
lishon

לְהִתְקוֹטֵט
lehitkotet

לְחַכּוֹת
lechakot

לִתְפֹּר
litpor

לְהִתְחַבֵּא
lehitchabeh

לִקְרֹא
likro

לִקְנוֹת
liknot

לְבַשֵּׁל
levashel

לִדְחֹף
lidchof

לָשִׁיר
lashir

לְטַאטֵא
leta'teh

לִנְשֹׁף
linshof

לִמְשֹׁךְ
limshoch

לִקְטֹף
liktof

לִפֹּל
lipol

לָלֶכֶת
lalechet

לָרוּץ
larootz

לָשֶׁבֶת
lashevet

הֲפָכִים
hafachim

רָחוֹק
rachok

קָרוֹב
karov

טוֹב
tov

רַע
ra

קַר
kar

חַם
cham

רָטֹב
ratov

יָבֵשׁ
yavesh

עֶלְיוֹן
elyon

תַּחְתּוֹן
tachton

מְלֻכְלָךְ
meloochlach

נָקִי
naki

מֵעַל
me'al

מִתַּחַת
mitachat

שָׁמֵן
shamen

רָזֶה
razeh

פָּתוּחַ
patoo'ach

סָגוּר
sagoor

קָטָן
katan

גָּדוֹל
gadol

מְעַט
me'at

הַרְבֵּה
harbeh

רִאשׁוֹן
ree'shon

אַחֲרוֹן
acharon

שְׂמֹאל
smol

בַּחוּץ
bachootz

בִּפְנִים
beefnim

קַל
kal

קָשֶׁה
kasheh

רֵיק
rek

מָלֵא
ma'leh

רַך
rach

מוּצָק
mootzak

חָזִית
chazit

גָּבוֹהַ
gavo'ha

אִטִי
eetee

מָהִיר
maheer

אָחוֹר
achor

נָמוּך
namooch

אָרֹךְ
aroch

קָצָר
katzar

מֵת
met

חַי
chy

חָשׁוּך
chashooch

מוּאָר
moo'ar

יָשָׁן
yashan

לְמַעְלָה
lema'ala

יָמִין
yamin

חָדָשׁ
chadash

לְמַטָּה
lemata

45

יָמִים

yamim

יוֹם רִאשׁוֹן
yom rishon
יוֹם שֵׁנִי
yom sheni
יוֹם שְׁלִישִׁי
yom shlishi
יוֹם רְבִיעִי
yom revi'ee
יוֹם חֲמִישִׁי
yom chamishee
יוֹם שִׁשִּׁי
yom sheeshi
שַׁבָּת
shabat

לוּחַ שָׁנָה
loo'ach shana

בֹּקֶר
boker

שֶׁמֶשׁ
shemesh

עֶרֶב
erev

לַיְלָה
lyla

חָלָל
chalal
כּוֹכַב לֶכֶת
kochav lechet
סְפִינַת חָלָל
sfeenat chalal
יָרֵחַ
yarre'ach
כּוֹכָב
kochav
טֶלֶסְקוֹפּ
teleskop

יְמֵי חַג
yemey chag

יוֹם הֻלֶּדֶת
yom hooledet

מַתָּנָה
matana

נֵר
ner

כַּרְטִיס בְּרָכָה
kartis bracha

עוּגַת יוֹם הֻלֶּדֶת
oogat yom hooledet

חֻפְשָׁה
choofsha

חֲתֻנָּה
chatoona

שׁוֹשְׁבִינָה
shoshvina

כַּלָּה
kala

חָתָן
chatan

מַצְלֵמָה
matzlema

צַלָּם
tzalam

חַג הַמּוֹלָד
chag ha-molad

אַיָּל
ayal

סַנְטָה קְלָאוּס
santa kla'ous

מִזְחֶלֶת
mizchelet

עֵץ אַשּׁוּחַ
etz ashoo'ach

47

מֶזֶג אֲוִיר
mezeg aveer

שֶׁמֶשׁ
shemesh

עֲנָנִים
ananim

שָׁמַיִם
shama'yim

מִטְרִיָּה
mitri'ya

גֶּשֶׁם
geshem

בָּרָק
barak

עֲרָפֶל
arafel

שֶׁלֶג
sheleg

טַל
tal

רוּחַ
roo'ach

עֲרְפִּלִּים
arpilim

כְּפוֹר
kfor

קֶשֶׁת בְּעָנָן
keshet be'anan

עוֹנוֹת הַשָּׁנָה
onot ha-shana

אָבִיב
aviv

קַיִץ
ka'yitz

סְתָו
stav

חֹרֶף
choref

48

חַיּוֹת שַׁעֲשׁוּעִים

chayot sha'ashoo'im

וֶטֶרִינָר
veterinar
אוֹגֵר
oger
מְלוּנָה
mloona
שַׁרְקָן
sharkan
כֶּלֶב
kelev
כְּלַבְלַב
klavlav
תֻּכִּי גַּמָּדִי
tookee gamadi
תֻּכִּי
tookee
מָזוֹן לִכְלָבִים
mazon lichlavim
מַקּוֹר
makor
קָנָרִי
kanari
אַרְנָב
arnav
כְּלוּב
kloov
חָתוּל
chatool
סַלְסִלָּה
sals'ila
חֲתַלְתּוּל
chataltool
עַכְבָּר
achbar
חָלָב
chalav
דְּגֵי זָהָב
dgey zahav

סְפּוֹרְט
sport

כַּדּוּרסַל
kadoorsal

חֲתִירָה
chatira

הַחְלָקָה עַל שֶׁלֶג
hachlaka al sheleg

שַׁיִט מִפְרָשִׂיּוֹת
sheyt mifrasi'yot

גְּלִישַׁת רוּחַ
gleeshat roo'ach

מַחְבֵּט
machbet

קְרִיקֶט
kriket

קָרָטֶה
karateh

מַחְבֵּט
machbet

טֶנִיס
tenis

פוּטְבּוֹל אָמֶרִיקָאִי
footbol amerika'ee

הִתְעַמְּלוּת
hit'amloot

כַּדּוּר
kadoor

חַכָּה
chaka

פִּתָּיוֹן
pita'yon

רִקּוּד
rikood

כַּדּוּר בָּסִיס
kadoor bassis

דַּיִג
da'yig

רַגְבִּי
ragbi

קְפִיצַת רֹאשׁ
kfitzat rosh

בְּרֵכַת שְׂחִיָּה
brechat schi'ya

רִיצָה
ritza

שְׂחִיָּה
schi'ya

מַטָּרָה
matara

קַשָּׁתוֹת
kashatoot

גְּלִישַׁת אֲוִיר
gleeshat aveer

קַסְדָּה
kasda

רִיצָה קַלָּה
ritza kala

רְכִיבָה עַל אוֹפַנַּיִם
recheeva al ofana'yim

טִפּוּס הָרִים
tipoos harim

גִּ'ודוֹ
judo

סוּס
soos

פּוֹנִי
poni

תָּא
ta

חֲדַר הַלְבָּשָׁה
chadar halbasha

כַּדּוּרֶגֶל
kadooregel

רְכִיבָה עַל סוּסִים
recheeva al soosim

נוֹצִית
notzeet

מַחֲלִיקַיִם
machlika'yim

טֶנִיס שֻׁלְחָן
tenis shoolchan

הַחְלָקָה עַל קֶרַח
hachlaka al kerach

מוֹט סְקִי
mot ski

רַכֶּבֶל
rakkevel

מִגְלָשַׁיִם
miglasha'yim

גְּלִישָׁה
gleesha

הֵאָבְקוּת סוּמוֹ
he'avkoot sumo

51

צְבָעִים

tzva'im

כָּתֹם
katom

יָרֹק
yarok

שָׁחֹר
shachor

אָפֹר
afor

אָדֹם
adom

חוּם
choom

לָבָן
lavan

כָּחֹל
kachol

וָרֹד
varod

סָגֹל
sagol

צָהֹב
tzahov

צוּרוֹת

tzoorot

מַלְבֵּן
malben

עִגּוּל
igool

מְעֻיָּן
me'ooyan

חָרוּט
charoot

כּוֹכָב
kochav

קֻבִּיָּה
koobi'ya

אֶלִיפְּסָה
elipsa

מְשֻׁלָּשׁ
meshoolash

רִבּוּעַ
riboo'a

סַהֲרוֹן
saharon

מִסְפָּרִים

misparim

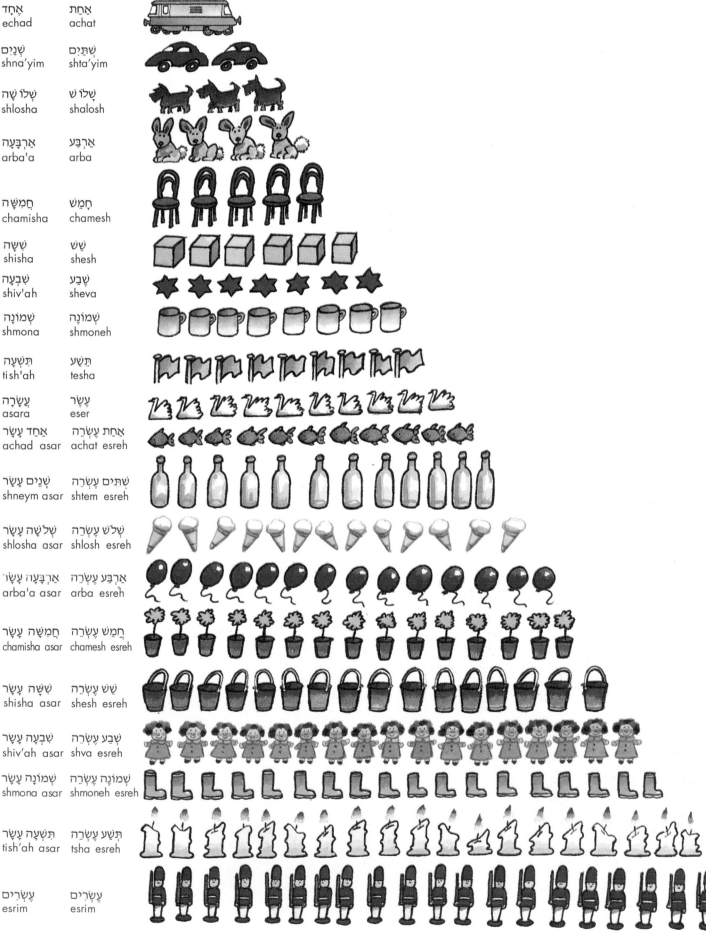

	Masculine	Feminine
1	אֶחָד echad	אַחַת achat
2	שְׁנַיִם shna'yim	שְׁתַּיִם shta'yim
3	שְׁלוֹשָׁה shlosha	שָׁלוֹשׁ shalosh
4	אַרְבָּעָה arba'a	אַרְבַּע arba
5	חֲמִשָּׁה chamisha	חָמֵשׁ chamesh
6	שִׁשָּׁה shisha	שֵׁשׁ shesh
7	שִׁבְעָה shiv'ah	שֶׁבַע sheva
8	שְׁמוֹנָה shmona	שְׁמוֹנֶה shmoneh
9	תִּשְׁעָה tish'ah	תֵּשַׁע tesha
10	עֲשָׂרָה asara	עֶשֶׂר eser
11	אַחַד עָשָׂר achad asar	אַחַת עֶשְׂרֵה achat esreh
12	שְׁנֵים עָשָׂר shneym asar	שְׁתֵּים עֶשְׂרֵה shtem esreh
13	שְׁלֹשָׁה עָשָׂר shlosha asar	שְׁלֹשׁ עֶשְׂרֵה shlosh esreh
14	אַרְבָּעָה עָשָׂר arba'a asar	אַרְבַּע עֶשְׂרֵה arba esreh
15	חֲמִשָּׁה עָשָׂר chamisha asar	חֲמֵשׁ עֶשְׂרֵה chamesh esreh
16	שִׁשָּׁה עָשָׂר shisha asar	שֵׁשׁ עֶשְׂרֵה shesh esreh
17	שִׁבְעָה עָשָׂר shiv'ah asar	שְׁבַע עֶשְׂרֵה shva esreh
18	שְׁמוֹנָה עָשָׂר shmona asar	שְׁמוֹנֶה עֶשְׂרֵה shmoneh esreh
19	תִּשְׁעָה עָשָׂר tish'ah asar	תְּשַׁע עֶשְׂרֵה tsha esreh
20	עֶשְׂרִים esrim	עֶשְׂרִים esrim

הַלוּנָה פַּרְק
ha-loona park

גַּלְגַּל עֲנָק
galgal anak

קָרוּסֶלָה
karoosela

מַחְצֶלֶת
machtzelet

מִגְדַּל שַׁעֲשׁוּעִים
migdal sha'ashoo'im

מִשְׂחֲקֵי חִשּׁוּקִים
mis'chakei chishookim

רַכֶּבֶת שֵׁדִים
rakkevet shedim

פּוֹפ קוֹרֶן
pop koren

רַכֶּבֶת הָרִים
rakkevet harim

קְלִיעָה לַמַּטָּרָה
klee'ah lamatara

מְכוֹנִיּוֹת שַׁעֲשׁוּעִים
mechoni'yot sha'ashoo'im

צֶמֶר גֶּפֶן מָתוֹק
tzemer gefen matok

54

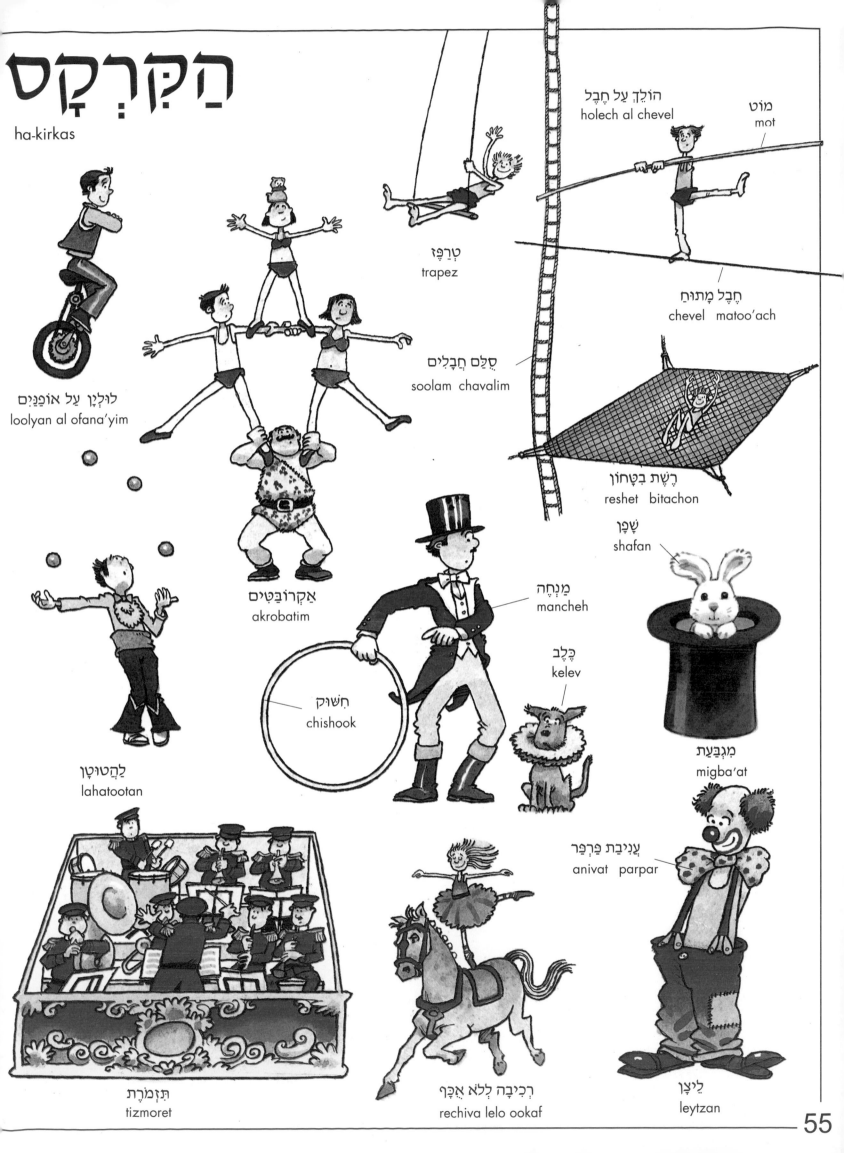

הַקִּרְקָס
ha-kirkas

לוּלְיָן עַל אוֹפַנַּיִם
loolyan al ofana'yim

אַקְרוֹבָּטִים
akrobatim

לַהֲטוּטָן
lahatootan

טְרַפֵּז
trapez

סֻלַּם חֲבָלִים
soolam chavalim

הוֹלֵךְ עַל חֶבֶל
holech al chevel

מוֹט
mot

חֶבֶל מָתוּחַ
chevel matoo'ach

רֶשֶׁת בִּטָּחוֹן
reshet bitachon

שָׁפָן
shafan

מְגְבַּעַת
migba'at

מַנְחֶה
mancheh

חִשּׁוּק
chishook

כֶּלֶב
kelev

עֲנִיבַת פַּרְפַּר
anivat parpar

תִּזְמֹרֶת
tizmoret

רְכִיבָה לְלֹא אֻכָּף
rechiva lelo ookaf

לֵיצָן
leytzan

55

Hebrew Alphabet and Word List

In the list on the opposite page you will find all the words in this book in the alphabetical order of the English words. Next to each English word is the number of the page on which it appears, and the Hebrew for that word written in Roman letters to show you how to pronounce it. The Hebrew words written in Hebrew letters are shown on the right. Remember, Hebrew is read from right to left.

Hebrew alphabet

Here are all the letters in the Hebrew alphabet. There are no capital letters in Hebrew, but five of the letters have different forms when they appear at the end of a word.

Name of letter	Hebrew letter	Sound	Pronunciation
alef	א	*a*	as in *apple*
bet	בּ	*b*	as in *bed*
vet	ב	*v*	as in *wave*
gimmel	ג	*g*	as in *goat*
gimmel im geresh	ג׳	*j*	as in *jeans*
dalet	ד	*d*	as in *dog*
hey	ה	*h*	as in *house*
vav	ו	*v*	as in *van*
zayin	ז	*z*	as in *zoo*
chet	ח	*ch*	as in *loch*
tet	ט	*t*	as in *tree*
yod	י	*y*	as in *yellow*
kaf	כּ	*k*	as in *king*
chaf	כ final form: ך	*ch*	as in *loch - but with a stronger, more throaty sound than chet*
lamed	ל	*l*	as in *lemon*
mem	מ final form: ם	*m*	as in *mouse*
nun	נ final form: ן	*n*	as in *number*
samech	ס	*s*	as in *sun*
ayin	ע	*a*	as in *apple - but a more throaty sound than alef*
pey	פּ	*p*	as in *pen*
fey	פ final form: ף	*f*	as in *safe*
tzadi	צ final form: ץ	*tz*	as in *tzar*
kof	ק	*k*	as in *king - but a stronger sound than kaf*
resh	ר	*r*	as in *rose*
shin	שׁ	*sh*	as in *ship*
sin	שׂ	*s*	as in *sun*
taf	ת	*t*	as in *tree*

Vowels

In Hebrew, the vowel sounds (e.g. 'a' or 'u') are shown by dots and lines under, above or next to the letter. These are only used in books for children and beginners, and in poetry and prayer books. They are not normally used in handwriting. In the examples below, the vowel marks are shown with the letter ט tet.

Name of vowel mark	Mark	Sound	Pronunciation
kamatz	טָ		
patach	טַ	*ta*	as in *tar*
chataf patach	טֲ		
segol	טֶ		
chataf segol	טֱ	*te*	as in *ten*
tzerei	טֵ		
chiriq	טִ	*tee*	as in *tee*
cholam male	טוֹ		
cholam chaser	טֹ	*to*	as in *torch*
kamatz qatan	טָ		
chataf kamatz	טֳ		
shuruq	טוּ	*too*	as in *too*
kubutz	טֻ		
shwa	טְ	*te* (silent)	

Note: In this book a break in a word is represented by the ' sign.

C

cabbage, 34	*kroov*	כְּרוּב
café, 12	*bet kafeh*	בֵּית קָפֶה
cage, 49	*kloov*	כְּלוּב
cake, 32	*ooga*	עוּגָה
calendar, 10, 46	*loo'ach shana*	לוּחַ שָׁנָה
calf, 25	*egel*	עֵגֶל
camel, 19	*gamal*	גָּמָל
camera, 14, 47	*matzlema*	מַצְלֵמָה
camper, 23	*karavan*	קָרָוָן
canal, 23	*te'ala*	תְּעָלָה
canary, 49	*kanari*	קָנָרִי
candle, 32, 47	*ner*	נֵר
candy, 32	*sookarya*	סֻכָּרִיָּה
cans (of food), 35	*koofsa'ot shimoorim*	קֻפְסָאוֹת שִׁמּוּרִים
cap, 39	*kova mitz'cheeya*	כּוֹבַע מִצְחִיָּה
car, 13	*mechonit*	מְכוֹנִית
car wash, 21	*rechitzat mechoniyot*	רְחִיצַת מְכוֹנִיּוֹת
cardigan, 39	*afooda*	אֲפֻדָּה
cards, 31	*kartisey bracha*	כַּרְטִיסֵי בְּרָכָה
carpenter, 40	*nagar*	נַגָּר
carpet, 4	*shati'yach*	שָׁטִיחַ
carrot, 34	*gezer*	גֶּזֶר
carry, 42	*la'set*	לָשֵׂאת
cart (farm), 24	*agala*	עֲגָלָה
cart (shopping), 35	*eglat kni'yot*	עֶגְלַת קְנִיּוֹת
cassette tape, 33	*kaletet*	קַלֶּטֶת
castle, 14	*tira*	טִירָה
cat, 49	*chatool*	חָתוּל
cat basket, 49	*salsila*	סַלְסִלָּה
catch, 42	*litpos*	לִתְפֹּס
caterpillar, 9	*zachal*	זַחַל
cauliflower, 34	*kroovit*	כְּרוּבִית
CD, 4	*taklitor*	תַּקְלִיטוֹר
ceiling, 29	*tikra*	תִּקְרָה
celery, 34	*karpas*	כַּרְפַּס
cereal, 36	*deganim*	דְּגָנִים
chair, 5	*kis'eh*	כִּסֵּא
chairlift, 51	*rakkevel*	רַכֶּבֶל
chalk, 28	*geer*	גִּיר
changing room, 51	*chadar halbasha*	חֲדַר הַלְבָּשָׁה
checkout, 35	*koopa*	קֻפָּה
cheek, 38	*lechi*	לֶחִי
cheese, 33	*gvina*	גְּבִינָה
chef, 40	*tabach*	טַבָּח
cherry, 33	*doovdevan*	דֻּבְדְּבָן
chest, 38	*chazeh*	חָזֶה
chest of drawers, 5	*shida*	שִׁדָּה
chicken, 37	*of*	עוֹף
chicks, 24	*efrochim*	אֶפְרוֹחִים
children, 17	*yeladim*	יְלָדִים
chimney, 12	*arooba*	אֲרֻבָּה
chin, 38	*santer*	סַנְטֵר
chips, 33	*tapoochips*	תַּפּוּצ'יפְּס
chocolate, 32	*shokolad*	שׁוֹקוֹלָד
chop, 42	*lachtov*	לַחְטֹב
chopsticks, 37	*maklot achila sini'eem*	מַקְלוֹת אֲכִילָה סִינִיִּים
Christmas Day, 47	*chag ha-molad*	חַג הַמּוֹלָד
Christmas tree, 47	*etz ashoo'ach*	עֵץ אַשּׁוּחַ
circle, 52	*igool*	עִגּוּל
circus, 55	*kirkas*	קִרְקָס
clay, 15	*plastelina*	פְּלַסְטֶלִינָה
clean, 44	*naki*	נָקִי
cliff, 27	*tzook*	צוּק
climb, 43	*leta'pes*	לְטַפֵּס
climbing, 51	*tipoos harim*	טִפּוּס הָרִים
clock, 6	*sha'on*	שָׁעוֹן
closed, 44	*sagoor*	סָגוּר
closet, 7	*aron*	אָרוֹן
closet (for clothes), 5	*aron bgadim*	אֲרוֹן בְּגָדִים
clothes, 39	*bgadim*	בְּגָדִים
clouds, 48	*ananim*	עֲנָנִים
clown, 55	*leytzan*	לֵיצָן
coat, 39	*me'il*	מְעִיל
coat rack, 5	*mit'le*	מִתְלֶה
cobweb, 11	*koorey akavish*	קוּרֵי עַכָּבִישׁ
coffee, 36	*kafeh*	קָפֶה
coin purse, 35	*arnak*	אַרְנָק
cold, 44	*kar*	קַר
colors, 52	*tzva'im*	צְבָעִים
comb, 5	*masrek*	מַסְרֵק
comforter, 5	*smeecha*	שְׂמִיכָה
comic, 31	*komiks*	קוֹמִיקְס
conductor (woman), 20	*kartisanit*	כַּרְטִיסָנִית
computer, 31	*machshev*	מַחְשֵׁב
cone, 52	*charoot*	חָרוּט
control tower, 21	*migdal pikoo'ach*	מִגְדַּל פִּקּוּחַ
cook, 43	*levashel*	לְבַשֵּׁל
cookie, 33	*biskvit*	בִּיסְקְוִיט
costumes, 33	*tachposot*	תַּחְפּוֹשׂוֹת
cotton balls, 30	*tzemer gefen*	צֶמֶר גֶּפֶן
cotton candy, 54	*tzemer gefen matok*	צֶמֶר גֶּפֶן מָתוֹק
country, 22	*kfar*	כְּפָר
cousin, 41	*ben-dod*	בֶּן-דּוֹד
cow, 25	*para*	פָּרָה
cowshed, 25	*refet*	רֶפֶת
crab, 26	*sartan*	סַרְטָן
crane,15	*agooran*	עֲגוּרָן
crawl, 42	*lizchol*	לִזְחֹל
crayons, 29	*tzive'y sha'ava*	צִבְעֵי שַׁעֲוָה
cream, 36	*shamenet*	שַׁמֶּנֶת
crescent, 52	*saharon*	סַהֲרוֹן
cricket (sport), 50	*kriket*	קְרִיקֶט
crocodile, 18	*tanin*	תַּנִּין
crosswalk, 13	*ma'avar chatzaya*	מַעֲבַר חֲצָיָה
crutches, 30	*kaba'yim*	קַבַּיִם
cry, 42	*livkot*	לִבְכּוֹת
cube, 52	*koobi'ya*	קֻבִּיָּה
cubs (lion), 18	*goorim*	גּוּרִים
cucumber, 34	*melaffefon*	מְלָפְפוֹן
cups, 7	*sfalim*	סְפָלִים
curtain, 30	*vilon*	וִילוֹן
cushion, 4	*karit*	כָּרִית
cut, 42	*ligzor*	לִגְזֹר
cycling, 51	*recheeva al ofana'yim*	רְכִיבָה עַל אוֹפַנַּיִם

D

dance, 42	*lirkod*	לִרְקֹד
dancers, 40	*rakdanim*	רַקְדָנִים
dancing, 50	*rikood*	רִקּוּד
dark, 45	*chashooch*	חָשׁוּךְ
daughter, 41	*bat*	בַּת
days, 46	*yamim*	יָמִים
dead, 45	*met*	מֵת
deer, 19	*ayal*	אַיָּל
dentist (f), 41	*rof'at shina'yim*	רוֹפְאַת שִׁנַּיִם
desk, 28	*shoolchan ktiva*	שֻׁלְחַן כְּתִיבָה
dessert, 37	*kinoochim*	קִנּוּחִים
dew, 48	*tal*	טַל
diamond, 52	*me'ooyan*	מְעֻיָּן
diaper, 31	*chitool*	חִתּוּל
dice, 14	*koobi'yot*	קֻבִּיּוֹת
difficult, 45	*kasheh*	קָשֶׁה
dig, 42	*lachpor*	לַחְפֹּר
dinner, 37	*aroochat erev*	אֲרוּחַת עֶרֶב
dirt, 17	*adama*	אֲדָמָה
dirty, 44	*meloochlach*	מְלֻכְלָךְ
dish towel, 7	*magevet mitbach*	מַגֶּבֶת מִטְבָּח
diving, 50	*kfitzat rosh*	קְפִיצַת רֹאשׁ
doctor (f), 30	*rof'ah*	רוֹפְאָה

doctor (m), 31	*rofeh*	רוֹפֵא
dog, 16, 49, 55	*kelev*	כֶּלֶב
dog food, 49	*mazon lichlavim*	מְזוֹן לִכְלָבִים
doing things, 42	*asi'yat dvarim*	עֲשִׂיַּת דְּבָרִים
doll's house, 14	*bet boobot*	בֵּית בֻּבּוֹת
dolls, 14	*boobot*	בֻּבּוֹת
dolphin, 18	*dolfin*	דּוֹלְפִין
donkey, 27	*chamor*	חֲמוֹר
door, 6	*delet*	דֶּלֶת
door handle, 29	*yadit*	יָדִית
downstairs, 45	*lemata*	לְמַטָּה
drawer, 7	*megera*	מְגֵרָה
drawing, 28	*rishoom*	רִשּׁוּם
dress, 39	*simla*	שִׂמְלָה
drill, 10, 12	*makdecha*	מַקְדֵּחָה
drink, 42	*lishtot*	לִשְׁתּוֹת
drums, 14	*toopim*	תֻּפִּים
dry, 44	*yavesh*	יָבֵשׁ
duck, 17	*barvaz*	בַּרְוָז
ducklings, 17, 24	*barvazonim*	בַּרְוָזוֹנִים
ducks, 24	*barvazim*	בַּרְוָזִים
dust cloth, 7	*matleet avak*	מַטְלִית אָבָק
dustpan, 7	*kaf ashpa*	כַּף אַשְׁפָּה

E

eagle, 18	*nesher*	נֶשֶׁר
ears, 38	*ozna'yim*	אָזְנַיִם
eat, 42	*le'echol*	לֶאֱכֹל
eggs, 35	*baytzim*	בֵּיצִים
eight, 53	*shmona (m), shmoneh (f)*	שְׁמוֹנָה (ז), שְׁמוֹנֶה (נ)
eighteen, 53	*shmona asar (m), shmoneh esreh (f)*	שְׁמוֹנָה עָשָׂר (ז), שְׁמוֹנֶה עֶשְׂרֵה (נ)
elbow, 38	*marpek*	מַרְפֵּק
elephant, 19	*pil*	פִּיל
elevator, 30	*ma'alit*	מַעֲלִית
eleven, 53	*achad asar (m), achat esreh (f)*	אַחַד עָשָׂר (ז), אַחַת עֶשְׂרֵה (נ)
empty, 45	*rek*	רֵיק
engine (car), 20	*mano'a*	מָנוֹעַ
engine (train), 20	*katar*	קַטָּר
eraser, 28	*machak*	מַחַק
evening, 46	*erev*	עֶרֶב

F

face, 38	*panim*	פָּנִים
face paints, 15	*tziv'ey ipoor*	צִבְעֵי אִפּוּר
factory, 13	*bet charoshet*	בֵּית חֲרֹשֶׁת
fairgound, 54	*loona park*	לוּנָה פַּרְק
fall, 43	*lipol*	לִפֹּל
family, 41	*mishpacha*	מִשְׁפָּחָה
far, 44	*rachok*	רָחוֹק
farm, 24	*meshek*	מֶשֶׁק
farmer, 25	*ikar*	אִכָּר
farmhouse, 25	*bet ha-ikar*	בֵּית הָאִכָּר
fast, 45	*maheer*	מָהִיר
fat, 44	*shamen*	שָׁמֵן
father, 41	*aba*	אַבָּא
faucet, 4	*berez*	בֶּרֶז
feathers, 18	*notzot*	נוֹצוֹת
felt-tip pens, 28	*etey simoon*	עֵטֵי סִמּוּן
fence, 17, 25	*gader*	גָּדֵר
Ferris wheel, 54	*galgal anak*	גַּלְגַּל עֲנָק
few, 44	*me'at*	מְעַט
field, 25	*sadeh*	שָׂדֶה
fifteen, 53	*chamisha asar (m), chamesh esreh (f)*	חֲמִשָּׁה עָשָׂר (ז), חֲמֵשׁ עֶשְׂרֵה (נ)
fight, 43	*lehitkotet*	לְהִתְקוֹטֵט
file, 11	*ptzira*	פְּצִירָה
fingers, 38	*etzba'ot*	אֶצְבָּעוֹת
fire engine, 13	*mechonit kibooy*	מְכוֹנִית כִּבּוּי
fireman, 40	*kabbai*	כַּבַּאי
fireworks, 32	*zikookin di noor*	זִקּוּקִין דִּי נוּר
first, 44	*ree'shon*	רִאשׁוֹן
fish, 27	*dag*	דָּג
fisherman, 23	*da'yag*	דַּיָּג
fishing, 50	*da'yig*	דַּיִג
fishing boat, 27	*sirat da'yig*	סִירַת דַּיִג
fishing rod, 50	*chaka*	חַכָּה
five, 53	*chamisha (m), chamesh (f)*	חֲמִשָּׁה (ז), חָמֵשׁ (נ)
flag, 26	*degel*	דֶּגֶל
flippers, 27	*snapirim*	סְנַפִּירִים
flight attendant, 21	*da'yal (m), da'yelet (f)*	דַּיָּל (ז), דַּיֶּלֶת (נ)
floor, 29	*ritzpah*	רִצְפָּה
flour, 35	*kemach*	קֶמַח
flower bed, 17	*aroogat prachim*	עֲרוּגַת פְּרָחִים
flowers, 8	*prachim*	פְּרָחִים
fly, 11	*zvoov*	זְבוּב
fog, 48	*arafel*	עֲרָפֶל
food, 36	*mazon*	מָזוֹן
foot, 38	*kaf regel*	כַּף רֶגֶל
forest, 22	*ya'ar*	יַעַר
fork (garden), 9	*kilshon*	קִלְשׁוֹן
forks, 6	*mazlegot*	מַזְלְגוֹת
four, 53	*arba'a (m), arba (f)*	אַרְבָּעָה (ז), אַרְבַּע (נ)
fourteen, 53	*arba'a asar (m), arba esreh (f)*	אַרְבָּעָה עָשָׂר (ז), אַרְבַּע עֶשְׂרֵה (נ)
fox, 22	*shoo'al*	שׁוּעָל
fox cubs, 23	*gooray shoo'al*	גּוּרֵי שׁוּעָל
freight train, 20	*rakkevet massa*	רַכֶּבֶת מַשָּׂא
French fries, 37	*tooganim*	טֻגָּנִים
Friday, 46	*yom sheeshi*	יוֹם שִׁשִּׁי
fried egg, 36	*bay'tzi'ya*	בֵּיצִיָּה
frog, 16	*tzfarde'a*	צְפַרְדֵּעַ
frogman, 41	*ish tzfarde'a*	אִישׁ צְפַרְדֵּעַ
front, 45	*chazit*	חֲזִית
frost, 48	*kfor*	כְּפוֹר
fruit juice, 33	*mitz perot*	מִיץ פֵּרוֹת
fruits, 34	*perot*	פֵּרוֹת
frying pan, 7	*machavat*	מַחֲבַת
full, 45	*ma'leh*	מָלֵא

G

garage, 20	*moosach*	מוּסָךְ
garden hose, 9	*tzinor hashkaya*	צִנּוֹר הַשְׁקָיָה
gas, 21	*delek*	דֶּלֶק
gas pump, 21	*mash'evat delek*	מַשְׁאֵבַת דֶּלֶק
gas tanker, 21	*mechalit delek*	מְכָלִית דֶּלֶק
gate, 16	*sha'ar*	שַׁעַר
geese, 24	*avazim*	אַוָּזִים
giraffe, 18	*jiraf*	ג'ִירָף
girl, 29	*yalda*	יַלְדָּה
glasses (for drinking), 6	*kosot*	כּוֹסוֹת
globe, 29	*globoos*	גְּלוֹבּוּס
gloves, 39	*kfafot*	כְּפָפוֹת
glue, 28	*devek*	דֶּבֶק
goat, 19	*ez*	עֵז
goldfish, 49	*dgey zahav*	דְּגֵי זָהָב
good, 44	*tov*	טוֹב
gorilla, 18	*gorila*	גּוֹרִילָה
grandfather, 41	*saba*	סַבָּא
grandmother, 41	*savta*	סַבְתָּא
grapefruit, 34	*eshkolit*	אֶשְׁכּוֹלִית
grapes, 31	*anavim*	עֲנָבִים
grass, 9	*esev*	עֵשֶׂב
gray, 52	*afor*	אָפֹר
green, 52	*yarok*	יָרֹק
greenhouse, 9	*chamama*	חֲמָמָה
grocery sack, 34	*sal kni'yot*	סַל קְנִיּוֹת
guinea pig, 49	*sharkan*	שַׁרְקָן
guitar, 14	*gitara*	גִּיטָרָה

gun, 15	*roveh*	רוֹבֶה
gym, 50	*hit'amloot*	הִתְעַמְּלוּת

H

hair, 38	*se'ar*	שֵׂעָר
hall, 5	*kni'sa*	כְּנִיסָה
hamburger, 37	*hamboorger*	הַמְבּוּרְגֶר
hammer, 11	*patish*	פַּטִּישׁ
hamster, 49	*oger*	אוֹגֵר
hand, 38	*kaf yad*	כַּף יָד
handkerchief, 39	*mimchata*	מִמְחָטָה
hang-gliding, 51	*gleeshat aveer*	גְּלִישַׁת אֲוִיר
hard, 45	*mootzak*	מוּצָק
harmonica, 14	*mapoochit peh*	מַפּוּחִית פֶּה
hat, 39	*kova*	כּוֹבַע
hay, 25	*shachat*	שַׁחַת
hayloft, 24	*aliyat gag*	עֲלִיַּת גַּג
haystack, 24	*arremat shachat*	עֲרֵמַת שַׁחַת
head, 38	*rosh*	רֹאשׁ
headlights, 20	*panasim kidmi'yim*	פָּנָסִים קִדְמִיִּים
hedge, 9	*gader cha'ya*	גָּדֵר חַיָּה
hedgehog, 22	*kipod*	קִפּוֹד
helicopter, 20	*masok*	מַסּוֹק
helmet, 51	*kasda*	קַסְדָּה
hen house, 24	*lool*	לוּל
hens, 25	*tarnegolot*	תַּרְנְגוֹלוֹת
hide, 43	*lehitchabeh*	לְהִתְחַבֵּא
high, 45	*gavo'ha*	גָּבוֹהַּ
hill, 23	*giv'a*	גִּבְעָה
hippopotamus, 18	*soos ye'or*	סוּס יְאוֹר
hoe, 8	*ma'ader*	מַעְדֵּר
hole, 12	*bor*	בּוֹר
home, 4	*ba'yit*	בַּיִת
honey, 36	*dvash*	דְּבַשׁ
hood (car), 21	*michseh mano'a*	מִכְסֶה מָנוֹעַ
hoop, 55	*chishook*	חִשּׁוּק
horse, 25, 51	*soos*	סוּס
hospital, 30	*bet holim*	בֵּית חוֹלִים
hot, 44	*cham*	חַם
hot chocolate, 36	*shoko cham*	שׁוֹקוֹ חַם
hot-air balloon, 22	*kadoor po're'ach*	כַּדּוּר פּוֹרֵחַ
hotel, 12	*bet malon*	בֵּית מָלוֹן
house, 13	*ba'yit*	בַּיִת
husband, 41	*ba'al*	בַּעַל

I

ice cream, 16	*glida*	גְּלִידָה
ice skates, 51	*machlika'yim*	מַחֲלִיקַיִם
iceberg, 18	*karchon*	קַרְחוֹן
ice-skating, 51	*hachlaka al kerach*	הַחְלָקָה עַל קֶרַח
in, 45	*beefnim*	בִּפְנִים
iron, 7	*mag'hetz*	מַגְהֵץ
ironing board, 6	*keresh geehootz*	קֶרֶשׁ גִּהוּץ
island, 26	*ee*	אִי

J

jacket, 39	*jaket*	זַ'קֶט
jam, 36	*reeba*	רִבָּה
jars, 11, 35	*tzintzanot*	צִנְצָנוֹת
jeans, 39	*michnasay jeans*	מִכְנְסֵי גִ'ינְס
jigsaw, 30	*pazel*	פָּזֶל
jogging, 51	*ritza kala*	רִיצָה קַלָּה
judge, 40	*shofet*	שׁוֹפֵט
judo, 51	*judo*	ג'וּדוֹ
juggler, 55	*lahatootan*	לַהֲטוּטָן
jump, 42	*likpotz*	לִקְפֹּץ
jump-rope, 17	*dalgeet*	דַּלְגִּית

K

kangaroo, 18	*kengooroo*	קֶנְגּוּרוּ
karate, 50	*karateh*	קָרָטֶה
kayak, 27	*doogit*	דּוּגִית
kennel, 49	*mloona*	מְלוּנָה
kettle, 7	*koomkoom*	קוּמְקוּם
key, 6	*mafte'ach*	מַפְתֵּחַ
kitchen, 6	*mitbach*	מִטְבָּח
kite, 16	*afifon*	עֲפִיפוֹן
kitten, 49	*chataltool*	חֲתַלְתּוּל
knee, 38	*berech*	בֶּרֶךְ
knit, 42	*lisrog*	לִסְרֹג
knives, 7	*sakinim*	סַכִּינִים

L

ladder, 9, 10	*soolam*	סֻלָּם
ladybug, 8	*parat mosheh rabenoo*	פָּרַת מֹשֶׁה רַבֵּנוּ
lake, 16	*agam*	אֲגַם
lambs, 24	*tla'yim*	טְלָיִים
lamp, 5, 29	*menorah*	מְנוֹרָה
lamp post, 13	*panas rechov*	פָּנָס רְחוֹב
last, 44	*acharon*	אַחֲרוֹן
laugh, 42	*litzchok*	לִצְחֹק
laundry detergent, 6	*avkat kvisa*	אַבְקַת כְּבִיסָה
lawn mower, 9	*maksecha*	מַכְסֵחָה
leash, 17	*retzoo'ah lechelev*	רְצוּעָה לְכֶלֶב
leaves, 9	*alim*	עָלִים
leek, 34	*kresha*	כְּרֵשָׁה
left, 44	*smol*	שְׂמֹאל
leg, 38	*regel*	רֶגֶל
lemon, 34	*leemon*	לִימוֹן
leopard, 19	*namer*	נָמֵר
letters, 5	*michtavim*	מִכְתָּבִים
lettuce, 34	*chasa*	חַסָּה
light switch, 6	*meteg*	מֶתֶג
lighthouse, 26	*migdalor*	מִגְדַּלּוֹר
lightning, 48	*barak*	בָּרָק
lion, 18	*aryeh*	אַרְיֵה
lips, 38	*sfata'yim*	שְׂפָתַיִם
listen, 42	*lehakshiv*	לְהַקְשִׁיב
living room, 4	*chadar orchim*	חֲדַר אוֹרְחִים
lizard, 22	*leta'ah*	לְטָאָה
lock, 22	*delet secher*	דֶּלֶת סֶכֶר
locker, 51	*ta*	תָּא
logs, 23	*boolay etz*	בּוּלֵי עֵץ
long, 45	*aroch*	אָרֹךְ
low, 45	*namooch*	נָמוּךְ
lunch, 36	*aroochat tzo'hora'yim*	אֲרוּחַת צָהֳרַיִם

M

mail carrier, 41	*davar*	דַּוָּר
make, 42	*la'asot*	לַעֲשׂוֹת
man, 12	*ish*	אִישׁ
many, 44	*harbeh*	הַרְבֵּה
map, 29	*mapa*	מַפָּה
marbles, 15	*goolot*	גֻּלּוֹת
market, 13	*shook*	שׁוּק
mashed potatoes, 37	*mechit tapoochey adama*	מְחִית תַּפּוּחֵי אֲדָמָה
masks, 15	*massechot*	מַסֵּכוֹת
mat, 54	*machtzelet*	מַחְצֶלֶת
matches, 7	*gafroorim*	גַּפְרוּרִים
me, 38	*anee*	אֲנִי
meat, 35, 37	*basar*	בָּשָׂר
mechanic, 40	*mechonai (m), mechona'it (f)*	מְכוֹנַאי, מְכוֹנָאִית
medicine, 30	*troofa*	תְּרוּפָה
melon, 34	*melon*	מֶלוֹן
merry-go-round, 54	*karoosela*	קָרוּסֶלָה
milk, 36, 49	*chalav*	חָלָב
mirror, 5	*mar'ah*	מַרְאָה
mist, 48	*arpilim*	עַרְפִלִּים

trumpet, 14	chatzotzra	חֲצוֹצְרָה
trunk (elephant's), 19	chedek	חֵדֶק
trunk (car), 21	ta mit'an	תָּא מִטְעָן
T-shirt, 39	chooltzat triko	חֻלְצַת טְרִיקוֹ
Tuesday, 46	yom shlishi	יוֹם שְׁלִישִׁי
tummy, 38	beten	בֶּטֶן
tunnel, 23	minhara	מִנְהָרָה
turkeys, 25	tarnegolay hodoo	תַּרְנְגוֹלֵי הֹדוּ
twelve, 53	shneym asar (m),	שְׁנֵים עָשָׂר (ז),
	shtem esreh (f)	שְׁתֵּים עֶשְׂרֵה (נ)
twenty, 53	esrim	עֶשְׂרִים
two, 53	shna'yim (m), shta'yim (f)	שְׁנַיִם (ז), שְׁתַּיִם (נ)

U

umbrella, 48	mitri'ya	מִטְרִיָּה
umbrella (beach), 26	sochech	סוֹכֵךְ
uncle, 41	dod	דּוֹד
under, 44	mitachat	מִתַּחַת
underpants, 39	tachtonim	תַּחְתּוֹנִים
unicyclist, 55	loolyan al ofana'yim	לוּלְיָן עַל אוֹפַנַּיִם
upstairs, 45	lema'ala	לְמַעְלָה

V

vacation, 47	choofsha	חֻפְשָׁה
vacuum cleaner, 6	sho'ev avak	שׁוֹאֵב אָבָק
van, 13	mechonit mischarit	מְכוֹנִית מִסְחָרִית
vegetables, 34	yerakot	יְרָקוֹת
vest, 39	goofi'ya	גּוּפִיָּה
vet, 49	veterinar	וֶטֶרִינָר
video, 5	kaletet video	קַלֶּטֶת וִידֵאוֹ
vise, 10	melchatza'yim	מֶלְחָצַיִם

W

wait, 43	lechakot	לְחַכּוֹת
waiter, 41	meltzar	מֶלְצָר
waiting room, 31	chadar hamtana	חֲדַר הַמְתָּנָה
waitress, 41	meltzarit	מֶלְצָרִית
walk, 43	lalechet	לָלֶכֶת
walking stick, 31	makel halicha	מַקֵּל הֲלִיכָה
wall, 29	kir	קִיר
wash, 42	lehitrachetz	לְהִתְרַחֵץ
washing machine, 7	mechonat kvisa	מְכוֹנַת כְּבִיסָה
wasp, 8	tzir'ah	צִרְעָה
wastepaper basket, 29	sal neyarot	סַל נְיָרוֹת
watch, 43	lehistakel	לְהִסְתַּכֵּל
watch (wrist), 30	sh'on yad	שְׁעוֹן יָד
water, 4	ma'yim	מַיִם
water-skiing, 26	ski ma'yim	סְקִי מַיִם
watercolors, 15	tziv'ey ma'yim	צִבְעֵי מַיִם
waterfall, 23	mappal ma'yim	מַפַּל מַיִם
watering can, 8	mazlef	מַזְלֵף
waves, 27	galim	גַּלִּים
weather, 48	mezeg aveer	מֶזֶג אֲוִיר
wedding, 47	chatoona	חֲתֻנָּה
Wednesday, 46	yom revi'ee	יוֹם רְבִיעִי
wet, 44	ratov	רָטֹב
whale, 19	livyatan	לִוְיָתָן
wheel, 20	galgal	גַּלְגַּל
wheelbarrow, 8	meritza	מְרִיצָה
wheelchair, 30	kiseh galgalim	כִּסֵּא גַלְגַּלִּים
whistle, 14	mashrokit	מַשְׁרוֹקִית
white, 52	lavan	לָבָן
wife, 13, 41	isha	אִשָּׁה
wind, 48	roo'ach	רוּחַ
windmill, 22	tachanat roo'ach	טַחֲנַת רוּחַ
window, 32	chalon	חַלּוֹן
windsurfing, 50	gleeshat roo'ach	גְּלִישַׁת רוּחַ
wing, 18	kanaf	כָּנָף
winter, 48	choref	חֹרֶף

wolf, 18	ze'ev	זְאֵב
woman, 41	isha	אִשָּׁה
wood, 11	atzey hasaka	עֲצֵי הַסָּקָה
workbench, 11	shoolchan avoda	שֻׁלְחָן עֲבוֹדָה
workshop, 10	bet mlacha	בֵּית מְלָאכָה
worm, 8	tola'at	תּוֹלַעַת
wrench, 21	mafte'ach bragim	מַפְתֵּחַ בְּרָגִים
write, 42	lichtov	לִכְתֹּב

Y

yard, 8	gina	גִּנָּה
yellow, 52	tzahov	צָהֹב
yogurt, 35	yogoort	יוֹגוּרְט

Z

zebra, 19	zebra	זֶבְּרָה
zipper, 39	roochsan	רוֹכְסָן
zoo, 18	gan cha'yot	גַּן חַיּוֹת

First published in 2004 by Usborne Publishing Ltd, Usborne House, 83-85 Saffron Hill, London EC1N 8RT, England. www.usborne.com. Based on a previous title first published in 1979 and revised in 1995. Copyright © 2003, 1995, 1979 Usborne Publishing Ltd. This American edition published in 2004. AE

Printed in Italy.